西湖詩篇

盧文麗《ルウ・ウェンリィ》

佐藤普美子　訳

三潭印月《サンタンインユエ》（1）

もしもあなたが虹ならば
私は小瀛洲《シャオインチョウ》の柳になりたい
夕焼けのやさしい波の中
青山緑水のいとしごを見守る
あなたのいるところが天上の国

もしもあなたが雨ならば
私はきらきら輝く波の中の蓮になりたい
輻輳する碧玉の中

めぐりあうさざ波は揺れ動く
口元の微かな微笑みは、雲より淡く

もしもあなたが風ならば
私は九曲橋のミカンの木になりたい
遅くまで歌声響く夜の漁船に
色とりどりの想いがゆらゆら揺れる
私の灯は、あなたが泳いで渡る岸

もしもあなたが雪ならば
私は相映亭の梅になりたい
絵のような天地の中

漂い来る暗香に座礁する
あなたと紅豆の灯を共に、 夜更けまで書を重ねて

私は恋しさの中でたえまなくやせ衰え
私は恋しさの中でたえまなく満ちていく
私は恋しさの中で
ますます自分ではないものに変わっていく

もしもあなたが月ならば
私はあなたを映す深い淵になりたい
もしも私がこの詩を書かなければ
誰がよく書けるというのだろうか

（1）西湖小瀛洲島の南に三つの石塔があり、鼎立して立つ。中秋の晩、月光と灯と輝く湖面が照らし合い、塔の影、月の影、雲の影が融け合って、天地の趣がことごとく湖中に尽くされる。〔「西湖十景」の一つ。〕

慕才亭《ムーツァイティン》(2)

あなたは両手に
才気ある人を引き留めないし
だれも引き留めなかった

あなたが引き留めたのはただ
反り返る飛檐《ひえん》の雑草だけ

夕陽は
このうえなく心ゆさぶる言葉

あなたの口から吐き出された血

群島は
あなたのそばに留まって
傍若無人にあなたを眺め
あなたを取りざたし、そうして
薄情な蹄の音のように
あなたを挽いていく

あなたはなおも
あの人と
同じ夢で会えるのを夢見ている

草は茵《しとね》のごとく、松は蓋《おおい》のごとし
風は裳《も》のごとく、水は珮《おびだま》のごとし
美しくしなやかな山水の中
あの人はあなたの手を握る
水中の逆さ影を握るように

そして雪の積もった地面には
狂おしく走り去る風
酒を飲んで胸の想いを吟じたあと
何があなたをまだ呼んでいるのか
なおもそんなに美しく
永遠にそんなに美しく

たとえ毒酒であっても
あなたはまたもしたたかにあおりたがる

一人の男として
沈黙する形態で
あなたの前に立つ
ただ馴染んだ痛みだけが
あなたに示す
あの人とはあなたなのだと。

（2）慕才亭は西泠橋畔に位置し、中に蘇小小の墓がある。蘇小小は南斉（四七九―五〇二）銭塘の名妓。

柳浪聞鶯《リィウランウェンイン》（3）

風はあまりに軽やかで
夢のようにつかみどころがなく
左をかすめ 右をかすめる
千年前の柳の枝も
こんなにいたずらだったのか

雨はあまりに柔らかで
雲のようにふわりと漂いながら
左にひらり　右にひらり

千年前の柳の枝も
こんなにまとわりついたのか

緑はあまりに濃やかで
霧のように滲みわたり
左にひと筆右にひと筆
千年前の柳の枝も
こんなに緑つややかだったのか

青々と柳の枝は伸びている
誰がそれを心に描いて
「楊柳青」にするのだろう

誰がそれに曲をつけて
「惜別離」にするのだろう

青々と柳の枝は伸びている
清波門の笛をなで
涌金門の小船をなで
淨慈寺の鐘をなで
桃の花の増水期を駆り立てる

そしてサヨナキドリは
柳の枝に
噴き出した芽

雲と水がおりなす光の中
口づけのさざ波を起こしている

旅するものは
どんなに遠く行こうとも
いつも一本の柳の枝に
夢をじゃまされ
いつも鶯のひと声に
魂を奪われる

（3）「柳浪聞鶯」は杭州の南山路に位置し、かつて南宋の皇帝の御花園であった。花がすみの三月、緑の柳は天空に翻り、鶯の声は美しく抑揚があり、桜の花はあでやかである。〔「柳浪聞鶯」は「西湖十景」の一つ。〕

龍井問茶《ロンジンウェンチャー》（4）

一匹の魚のように泳いであなたは
私の波うつ心に入りたいの
こんなふうに恋い焦がれて
体内の血をあなたのために激しく流れさせたい
たとえあなたが春雨のごとく突如やってきても
それしかない純潔で
あなたに澄みきったさざ波を起こしてあげたい

一陣の風のようにあなたは

私の夢の世界に逍遥したいの
こんなふうに恋い焦がれて
連綿と続く山並にあなたのために幽谷の伝言をさせたい
たとえあなたが流雲のごとく瞬く間に消え去っても
それしかない体温で
あなたの冬ごもりした身体を温めてあげたい

一筋の光のようにあなたは
私の額に口づけしたいの
こんなふうに恋い焦がれて
谷川の泉にあなたのために心ゆくまで歌わせたい
たとえあなたが炎のごとく私を蒸発させても

それしかない真心で
あなたに魂を奪う詩句を料理してあげたい

江南全土のようにあなたは
私とささやかな力で支え合いたいの
こんなふうに恋い焦がれて
西湖の水をあなたの脳裏から離れないようにさせたい
たとえあなたが鐘磬《しょうけい》のごとく私を溺れさせても
それしかない想像で
天国であなたと一つに結ばれたい

（4）龍井は西湖の西南、風篁嶺に位置し、虎跑、玉泉と合わせて西湖三大名泉と称される。乾隆皇帝の「十八棵御茶」遺跡がある。『「龍井問茶」は杭州―西湖新十景の一つ。』

著者

盧文麗（ルゥ・ウェンリィ）

1968年、浙江省生まれ。杭州日刊新聞グループ《都市週報》副編集長。著書に『比類ない美しい景色』『親愛なる火炎』『砂時計の舞踊』『やさしい村落』など。ほかに『西湖印象詩100』などの詩集や散文作品がある。浙江省優秀文学作品賞、第2回中国女性文学賞を受賞、浙江省人民政府の魯迅文芸賞候補となった。

訳者

佐藤普美子（さとう ふみこ）

お茶の水女子大学文教育学部卒業、同大学大学院人文科学研究科修士課程修了。博士（人文科学）。現在、駒澤大学総合教育研究部教授。翻訳に「中国伝統詩に探る現代詩の鉱脈—廃名の新詩観—」（孫玉石）、「伯牛、疾有り」（馮至）、「桃畑」（廃名）、「祝宴の後」（沈櫻）、「天河撩乱—薔薇は復活の過去形—」（呉継文）がある。

作品名　西湖詩篇

*『イリーナの帽子—中国現代文学選集—』収録作品

『イリーナの帽子—中国現代文学選集—』
2010年11月25日発行
編集：東アジア文学フォーラム日本委員会
発行：株式会社トランスビュー　東京都中央区日本橋浜町2-10-1
TEL. 03(3664)7334　http://www.transview.co.jp